Mrs. Pendletons Vierspänner

Gertrude Franklin Horn Atherton

Writat

Diese Ausgabe erschien im Jahr 2024

ISBN: 9789359941653

Herausgegeben von
Writat
E-Mail: info@writat.com

Inhalt

ICH

Jessica stand mit geballten Händen und zusammengebissenen Zähnen da und blickte mit harten Augen auf einen kleinen Stapel Briefe, der auf dem Boden lag. Die Sonne, die durch das offene Fenster schien, ließ sie unbewusst blinzeln, und die tiefe Stimme des Ozeans, die zu den Sandstränden von Newport aufstieg, schien zu wiederholen:

"Verachtung! Verachtung!"

Sie war groß, fein spitz und hatte die unbeschreibliche Miene und den Stil der New Yorkerin, doch sie deutete nicht darauf hin, dass sie das Wort, das der Ozean ihr entgegenschleuderte, genau kannte. In diesem moosgrünen Raum, mit ihrem hochmütigen Gesicht und ihrer reinen Haut, ihrem strengen, makellosen Kleid, deutete sie eher auf den Typus hin, dem Dichter in einem Jahrhundert später ihre Sonette zuschreiben würden – wenn sie und ihresgleichen noch in den Rahmen der Vergangenheit eingebunden waren . Und obwohl ihre Kleidung konventionell war, hatte sie ihrer Fantasie freien Lauf gelassen, um ihre Haare zu gestalten. Die klare, ausweichende Flammenfarbe wurde bis zu ihrem Hals gestrichen, gescheitelt, gekreuzt und dicht an beiden Seiten ihres Kopfes direkt hinter ihre Ohren geführt. Die Lockenspitzen, die sich über ihrem Pony trafen, ließen sich lösen und ähnelten ein wenig dem Kranz der Medusa. Ihre Augen waren grau, die Farbe des mittleren Ozeans, ruhig, unter einem grauen Himmel. Noch keine vierundzwanzig Jahre alt, hatte sie die Ruhe und das „Aussehen" einer Person, deren Wiege vom Fuß der Gesellschaft erschüttert worden war; und obwohl ihr Stolz in diesem Moment im Staub lag, war in ihrem Gesicht mehr Wut als Scham zu erkennen.

Die Tür öffnete sich und ihre Gastgeberin trat ein. Als Mrs. Pendleton sich langsam umdrehte und sie ansah, stieß Miss Decker einen kleinen Schrei aus.

„„Ich wurde beleidigt.""

„Jessica!" Sie sagte: „Was ist los?"

„Ich wurde beleidigt", sagte Mrs. Pendleton bewusst. Es bereitete ihr ein wildes Vergnügen, sich noch mehr zu demütigen.

"Beleidigt! Du!" Miss Deckers korrekte Stimme und ihre ruhigen braunen Augen hätten nicht mehr Überraschung und Entsetzen zum Ausdruck bringen können, wenn ein ausländischer Diplomat vor der Frau des Präsidenten mit den Fingern geschnippt hätte. Sogar ihr glattes braunes Haar zitterte fast.

„Ja", fuhr Mrs. Pendleton im gleichen gemessenen Ton fort; „Vier Männer haben mir gesagt, wie sehr sie mich verachten." Sie ging langsam im Zimmer auf und ab. Miss Decker ließ sich auf den Diwan sinken, Ungläubigkeit, Neugier, Erwartung und weibliche Befriedigung zogen sich in rascher Folge über ihr Gesicht.

„Ich habe immer behauptet, dass eine verheiratete Frau das uneingeschränkte Recht hat zu flirten", fuhr Mrs. Pendleton fort. „Umso mehr, wenn sie einen alten Mann geheiratet hat und das Leben etwas langweilig ist. „Warum heiratest du einen alten Mann?" schnappt die tugendhafte Welt. „Was für ein verachtenswertes Geschöpf Sie doch sind, aus etwas anderem als aus Liebe zu heiraten!" es schreit, während es den Staub zu Mammons Füßen frisst. Ich habe einen alten Mann geheiratet, weil ich mit der Weisheit von zwanzig Jahren zu dem Schluss gekommen war, dass ich niemals lieben könnte und dass Position und Reichtum allein die

Summe meiner Existenz ausmachten. Ich hatte mehr Ausreden als ein Mädchen, das immer arm war, denn ich hatte nie gelernt, mit Geld zu rechnen, bis mein Vater ein Jahr vor meiner Heirat scheiterte. Menschen, die nie Reichtum gekannt haben, sind sich des rein körperlichen Leidens derjenigen nicht bewusst, die an Luxus gewöhnt sind und ihn plötzlich verlieren: Es spielt keine Rolle, welcher Wille oder welche Charakterstärke jemand hat. Also – ich habe Mr. Pendleton geheiratet. Also – ich vergnügte mich mit anderen Männern. Mr. Pendleton gab mir meinen Kopf, weil ich mich von Skandalen fernhielt: Er kannte meinen Stolz. Wenn ich nun mein Leben damit verbracht hätte, mich selbst und die Gesellschaft, die mich aufnahm, zu demoralisieren, könnte ich nicht härter bestraft werden. Ich denke, ich habe es verdient. Ich nehme an, dass die verheiratete Flirtin ein ebenso armes, elendes und verachtenswertes Geschöpf ist, wie der Moralist und der Pfarrer sie darstellen. Wir messen Moral an Ergebnissen. Deshalb bin ich heute der Meinung, dass es die Aufgabe meines Lebens ist, den verheirateten Flirt mit Steinen zu bewerfen."

„Um Himmels willen", rief Miss Decker in einem Ton der Verzweiflung, „hör auf zu moralisieren und erzähl mir, was passiert ist!"

„Erinnern Sie sich an Clarence Trent, Edward Dedham, John Severance, Norton Boswell?"

„Habe ich? Arme Motten!"

„Sie waren mir offenbar ergeben."

Trocken: „Anscheinend."

„Wie lange ist Mr. Pendletons Tod her?"

„Ungefähr – er ist am sechzehnten gestorben – ja, es ist gestern sechs Monate her, seit er gestorben ist."

"Genau. Sehen Sie diese vier Zettel auf dem Boden? Es sind vier Vorschläge – vier Vorschläge" – und sie lachte kurz und heftig über ihre Lippen, deren Rot plötzlich verblasst war – „von den vier Männern, die ich gerade erwähnt habe."

Miss Decker schnappte nach Luft. „Vier Vorschläge! Worüber in aller Welt bist du dann wütend?"

Mrs. Pendletons Lippen verzogen sich verächtlich. Sie traute sich nicht, sofort zu antworten. „Du bist manchmal klug genug", sagte sie nach einem Moment kalt. „Es ist seltsam, dass man die so offensichtliche Tatsache nicht begreifen kann, dass vier Vorschläge, die am selben Tag und mit derselben Post von vier Männern eingehen, die engste Freunde des anderen sind, nur eines bedeuten können – einen Scherz. Oh!" „Das ist es, was mich wütend macht – sogar noch mehr als die Beleidigung –, dass sie mich für einen Narren halten, der sich so leicht täuschen lässt!" O-h-h!"

„Wenn ich mich recht erinnere", wagte Miss Decker schwach, „gehörte die Intimität, auf die Sie anspielen, lange Zeit, bevor Sie von der Welt verschwanden, der Vergangenheit an. Tatsächlich sprachen sie nicht miteinander."

„Oh, sie haben es längst erfunden! Geben Sie keine schwachen Erklärungen ab, sondern sagen Sie mir, wie ich den Spieß umdrehen kann. Ich würde meine Haare hergeben und eine graue Perücke tragen – meinen Teint und meine Farbe –, um mit ihnen gleichzuziehen. Und ich werde. Aber wie? Wie?"

Sie ging mit nervösen Schritten im Zimmer auf und ab und suchte nach Inspiration von den zarten Gravuren an den Wänden über den Diwan, der wie eine Moosbank aussah, bis hin zum Teppich, der wie ein Stück Waldgrün aussah, und von dort zum glitzernden Ozean . Miss Decker machte keine Vorschläge. Sie hatte vollkommenes Vertrauen in das Genie ihrer Freundin. Plötzlich hielt Mrs. Pendleton inne und wandte sich an ihre Gastgeberin. Das Rot war in ihren gewölbten Mund zurückgekehrt. Ihre Augen leuchteten, als ob die Sonne durch den grauen Himmel bricht und blendend auf das Wasser fällt.

"Ich habe es!" Sie sagte. „Und in einer Woche von heute an – ich werde sie so lange in Atem halten – wird New York keine Ecke haben, die klein genug ist, um sie aufzunehmen."

II

Der heiße Septembertag war zehn Stunden alt. Das Büro des St. Christopher Clubs war immer noch verlassen, bis auf einen Angestellten, der warm und schläfrig aussah. Der Postbote hatte gerade einen Stapel Briefe auf seinem Schreibtisch liegen lassen und sortierte sie nach ihren verschiedenen Fächern. Ein junger Mann trat ein, und der Angestellte begann, die Briefe schneller umzudrehen. Der Neuankömmling, groß, dünn, mit scharfen Gesichtszügen und einem klugen amerikanischen Gesicht, hatte ein äußerst nervöses Auftreten. Als er durch den Vorraum ging, klebte ein Angestellter an einem Tisch neben dem Namen „Mr. Clarence Trent", um anzuzeigen, dass er im Club war.

„Irgendwelche Briefe?" fragte er den Büroangestellten.

Der Mann reichte ihm zwei, und er stürzte in den Morgenraum, riss einen auf und ließ den anderen zu Boden fallen. Er las wie folgt:

> „Mon ami! – Ich habe Ihren Brief erst jetzt erhalten, er scheint sich verspätet zu haben. ["Natürlich! Warum habe ich nicht daran gedacht?"] Ich sage hier nichts über das Glück, das mir sein Inhalt beschert hat. Komm sofort.
>
> „Jessica Pendleton.

> „Unsere Verlobung muss ein tiefes Geheimnis bleiben, bis das Jahr meiner Trauer vorüber ist."

Trents dürrer und dürrer Schnurrbart schien sich über der nervösen Gesichtsverzerrung, der er sich hingab, zu harten Knoten zu kräuseln. Da die Natur bei ihrer Arbeit kein Material mehr hatte, hatte sie seine Muskeln scheinbar aus festem Bindfaden aufgebaut. Die spitze Spitze des ersteren, die nur einen Zentimeter davon entfernt war und seine Nase mit der Oberlippe verband, war es gewohnt, seine Gespräche und Gefühle mit der direkten Abwärtsbewegung einer Maschinennadel zu unterstreichen, die in ein Tuch einsticht. Er zerknüllte den Brief mit seinen knochigen, nervösen Fingern, und seine blassen, scharfen grauen Augen öffneten und schlossen sich mit plötzlicher Geschwindigkeit.

„Ich wusste, dass ich mich nicht irren konnte", dachte er triumphierend. "Sie ist mein!"

Im Vorraum wurde ein weiterer Name abgehakt: „Mr. „Norton Boswell" – und sein Besitzer machte sich eifrig auf den Schreibtisch zu. Sein dunkles, intellektuelles Gesicht war gerötet, und sein empfindlicher Mund zuckte plötzlich, als der Angestellte ihm eine Rolle Mss reichte.

„Das ist egal", sagte er hastig. „Gib mir meine Briefe."

Der Angestellte reichte ihm mehrere, und während er sie mit seinen ungeduldigen Händen von links nach rechts bewegte, steckte er alle bis auf einen in seine Tasche und ging schnell ins Frühstückszimmer. Er setzte sich an einen Tisch, betrachtete den Umschlag, als wagte er es nicht, sein Geheimnis zu lösen, und riss ihn dann hastig auseinander.

> "Mein Freund! [Boswell warf trotz seiner Begeisterung einen Blick in einen bestimmten Korridor in seiner Erinnerung und dachte mit leuchtenden Augen: „Oh! Mit welcher göttlichen Süße sprach sie diese beiden kleinen Worte aus!" Dann richtete er seinen Blick noch einmal gierig auf die Seite.] Ich habe Ihren Brief erst in diesem Moment erhalten, der sich offenbar verzögert hat." ["Ah!" entzückt, das Papier vor seinen Augen tanzend, „das erklärt es. Ich wusste, dass sie das zarteste Geschöpf auf Erden war."] „Ich sage hier nichts über das Glück, das mir sein Inhalt beschert hat. Komm sofort.
>
> „Jessica Pendleton.
>
> „Unsere Verlobung muss ein tiefes Geheimnis bleiben, bis das Jahr meiner Trauer vorüber ist."

Boswell tauchte mit zitternden Nasenflügeln eine Feder in das Tintenfass, und in diesem stillen Raum schlugen zwei Herzen so laut, dass nur Leidenschaft und kratzende Federn die gegenseitige und vernichtende Verachtung abwehrten.

Als Boswell das Büro verließ, betrat ein sehr junger Mann es. Er besaß diesen unauffälligen blonden Teint, der die Uniform der New Yorker Modejugend zu sein scheint. Die Chiffren der Vierhundert haben das gepflegte Erscheinungsbild des Angelsächsischen erfolgreicher erreicht als sein Akzent. Mr. Dedham könnte einer Kleiderwäscherei ausgesetzt gewesen sein. Sogar sein winziger und frischer Schnurrbart sah aus, als hätte jedes Haar seine besondere Amme, und sein rosafarbenes, pausbäckiges Gesicht widersetzte sich gewissenhafter Zerstreuung. Er schlenderte mit vorgetäuschter Gleichgültigkeit zum Schreibtisch des Angestellten und verlangte gedehnt nach seiner Post.

Der Angestellte überreichte ihm einen zierlichen, mit einem Wappen versiegelten Zettel. Er nahm es mit geistesabwesender Miene hin, obwohl sich ein Ausdruck echter jungenhafter Freude durch die fischige Trägheit seines durchschnittlichen Gesichtsausdrucks drängte.

Er brauchte anderthalb Minuten, um ins Morgenzimmer zu gelangen und diese schicksalhaften Zeilen zu lesen:

„Mon ami,-["Bezaubernder Satz! Ich kann hören, wie sie es sagt. ["Ah! dieses Parfüm! dieses Parfüm!"] Ich sage hier nichts über das Glück, das mir sein Inhalt beschert hat. Komm sofort.

„Jessica Pendleton.

„Unsere Verlobung muss ein tiefes Geheimnis bleiben, bis das Jahr meiner Trauer vorüber ist."

Eine rosige Flut wanderte zu den Wurzeln von Mr. Dedhams aschfahlen Locken, und er tupfte wild und unsicher auf seine Oberlippe. Wieder war im Frühstücksraum des St. Christopher Clubs kein Laut zu hören außer dem wilden Herumflattern von Stiften, dem Zerreißen von Pergamentpapier und dem plötzlichen Scharren eines nervösen Fußes.

Ein großer, breitschultriger junger Mann mit sehr ruhigem Gesicht und Auftreten betrat das Büro von der Allee aus, warf einen Blick auf die Schubladen über dem Schreibtisch des Angestellten, schlenderte dann bedächtig ins Frühstückszimmer und blickte aus dem Fenster. Allein eine leichte Steifheit der Nasenlöcher verriet die Ungeduld in ihm, und seine unruhigen Gedanken liefen etwa wie folgt ab:

„Was für ein Narr ich war! Nach all den Erfahrungen, die ich mit Frauen gemacht habe, habe ich mich gegenüber der kokettesten Frau, die je geatmet hat, so zum Arsch gemacht; Aber ihre Vorliebe für mich im letzten Winter war so deutlich – oh, verdammt!"

Er stand da und nagte an seiner Unterlippe, als er vor dem holprigen Bus stand, drehte sich aber plötzlich um, als ein Mann von hinten näher kam und mehrere Briefe auf einem Tablett präsentierte. Der erste und einzige, den er öffnete, lautete:

„Mon ami! – Ich habe Ihren Brief erst jetzt erhalten, er scheint sich verspätet zu haben. Ich sage hier nichts über das Glück, das mir sein Inhalt beschert hat. Komm sofort.

„Jessica Pendleton.

„Unsere Verlobung muss ein tiefes Geheimnis bleiben, bis das Jahr meiner Trauer vorüber ist."

Severance faltete den Zettel zusammen, sein Gesicht wurde ein wenig blass. „Nun ja, sie ist doch wahr. Was für ein Unmensch war ich, sie falsch einzuschätzen!" Er schlenderte zurück ins Büro. „Ich werde nach Hause gehen und ihr schreiben, und morgen werde ich sie sehen! Großer Himmel! Sind sechs Monate früher schon einmal so lange her?"

Als er sich von der Garderobe abwandte, betrat Boswell das Büro durch die gegenüberliegende Tür.

„Der Kerl sieht so fröhlich aus wie eine Lerche“, dachte er. „Seit sechs Monaten hat er nicht mehr so ausgesehen. Ich glaube, dass ich es mit ihm wieder gutmachen werde – vor allem, weil ich die Nase vorn habe!“

„Geben Sie mir das Paket“, verlangte Boswell verträumt von dem Angestellten. Dann erblickte er Severance. „Warum, Jack, alter Kerl!“ Er rief: „Wie geht es dir? Ich habe dich schon lange nicht mehr so gut gesehen. Geh nicht raus. Es ist zu heiß."

„Oh, häng es auf! Ich muss. Ich fahre morgen nach Newport. Es ist so höllisch langweilig in der Stadt.“

„Morgen geht es nach Newport! Ich auch. Meine Tante ist ziemlich krank und hat nach mir geschickt. Ich bin ihr Erbe, wissen Sie.“

"NEIN? Ich wusste nicht, dass du eine Tante hast. Ich gratuliere dir. Ich hoffe, sie wird abhauen, da bin ich mir sicher.“

"Ich hoffe. Hier kommt Teddy – sieht aus wie ein länglicher Gummiball. Es ist schon einige Zeit her, dass ich ihn so lebhaft gesehen habe. Wie geht es dir, Teddy?“

„Wie geht es dir, Norton, alter Junge?“ erklärte Dedham begeistert. „Wie froh bin ich, den alten Namen noch einmal zu hören! Du hast mir in letzter Zeit die kalte Schulter gezeigt.“

„Na ja, mein Junge, du weißt, dass Männer manchmal dumm sind. Aber lassen Sie die Vergangenheit hinter sich. Ich fahre morgen nach Newport. Kann ich Ihren zahlreichen Nachrichten eine Nachricht überbringen?“

"Lieber Junge! Ich fahre morgen nach Newport. Mein Arzt hat mir ein Bad im Meer verordnet.“

„Joe! Ich habe Glück! Auch die Abfindung geht zu Ende. Wir werden eine tolle Zeit haben.“

"Ich sollte das sagen!" murmelte Teddy. "Himmel! Hallo Sev, wie geht es dir? Habe dich nicht gesehen. Solange wir alle den gleichen Weg gehen, können wir unser Kriegsbeil auch begraben. Was sagst du, lieber Junge?“

„Nur zu glücklich“, sagte Severance herzlich. „Und mögen wir es nie wieder ans Licht bringen. Hier kommt Trent. Er sieht aus, als wäre er gerade für den Senat zurückgekehrt.“

"Wie geht es dir?" forderte Trent energisch. „Du hast es erfunden? Lass mich nicht im Regen stehen.“

Dedham machte einen letzten Angriff auf seine verlassene Würde und schickte sie dann auf den Weg. „Das glaube ich nicht“, rief er mit tanzenden Augen. „Gib mir deine Faust.“

Einen Augenblick später schüttelten sie sich alle die Hand, und aus allen Augen strömte gute Kameradschaft.

„Kommt alle in meine Zimmer“, gurgelte Teddy, „und trinkt etwas.“

„Mit Vergnügen, mein Junge“, sagte Trent. „Aber die angeborene Unhöflichkeit wird mich dazu zwingen, zu trinken und wegzulaufen. Ich fahre nach Newport …“

„Newport!“ riefen drei Stimmen.

"Ja; Ist daran etwas Seltsames? Ich kümmere mich um wichtige Geschäfte im Zusammenhang mit der bevorstehenden Wahl.“

„Das ist ein Zufall!“ rief Boswell mit der Wertschätzung des Romantikers aus. „Na ja, wir fahren alle nach Newport. Dedham auf der Suche nach Gesundheit, Severance nach Vergnügen und ich nach einem Vermögen – nur die alte Mama stellt immer ihre Schecks aus, gibt sie aber nie weiter. Nun, ich hoffe, wir werden uns oft sehen, wenn wir dort ankommen .“

„Oh, natürlich“, sagte Severance hastig. „Wir werden noch viele weitere Polospiele zusammen spielen.“

„Nun“, sagte Dedham, „kommen Sie jetzt in meine Räume und trinken Sie auf den Erfolg unserer einzelnen Aufgaben.“

III

Miss Decker ging ruhelos im Seeraum auf und ab und wartete auf die Post. Mrs. Pendleton, gefasster, aber ebenso nervös, lag in einem langen Stuhl, mit Erwartung im Blick und Triumph auf den Lippen.

„Werden sie antworten oder nicht?" rief Miss Decker aus. „Wenn doch nur die Post käme! Werden sie niedergeschlagen sein? – wütend? – oder – werden sie sich entschuldigen?"

„Es ist mir egal, was sie tun", sagte Mrs. Pendleton träge. „Ich wollte sie nur sehen, wenn sie meine Notizen erhielten und später, wenn sie sich trafen, um sie zu vergleichen. Ich halte meine Rache für ein Meisterwerk – sie zum Narren zu halten und ihnen gleichzeitig klarzumachen, dass sie mich nicht lächerlich machen können! Oh! Wie konnten sie es wagen?"

„Nun, sie werden nie wieder einen Scherz machen, meine Liebe. Du hast deine Rache, Jessica; Du hast ihren Sinn für Humor für immer abgestumpft. Ich bezweifle, dass sie jemals wieder die lustige Seite einer Zeitung lesen werden. Da kommt der Postbote. Dort! die Glocke hat geläutet. Warum geht Hart nicht? Ich gehe gleich selbst.

Mrs. Pendletons Nasenlöcher weiteten sich ein wenig, aber sie drehte den Kopf nicht, selbst als der Diener eintrat und ihr ein silbernes Tablett hinhielt. Darauf lagen vier Briefe. Sie legte sie auf ihren Schoß, sagte aber nichts, bis der Mann den Raum verlassen hatte. Dann sah sie Miss Decker an und strich mit den Fingerspitzen ein wenig über die Buchstaben.

„Sie haben geantwortet", sagte sie.

„Oh, Jessica, sei um Himmels willen nicht so eisern!" rief ihre Freundin. "Lese sie."

„Sie können sie lesen, wenn Sie möchten. Ich habe kein Interesse daran, außer zu wissen, dass sie meins erhalten haben."

Miss Decker brauchte keine zweite Einladung. Sie nahm die Briefe von Mrs. Pendletons Schoß und riss einen davon auf. Sie las ein paar Zeilen und ließ sich dann schlaff auf einen Stuhl fallen.

„Jessica!" Sie flüsterte mit leicht gequältem Keuchen: „Hör dir das an."

Mrs. Pendleton drehte ihren Blick fragend, ließ sich aber nicht der Neugier hingeben. „Nun", sagte sie, „ich höre zu."

„Es ist von Mr. Trent. Und höre zu:-

"'Engel! Ich denke, wenn Sie mich einen Tag länger warten ließen, wären Sie einem Verrückten begegnet, der auf den Klippen von Newport umherwandert. Gestern Abend habe ich an einer Vorwahl teilgenommen und mich zu einem so ungeheuerlichen Idioten gemacht (obwohl ich später für meine Rede ein Kompliment bekommen habe), dass ich nie verstehen werde, warum ich nicht beschimpft wurde. Aber später werde ich inspiriert sein. Und wie Sie in Washington glänzen werden! Das ist der Ort für unsere Talente. Nachdem ich Ihre zurückhaltende, aber leidenschaftliche Notiz gelesen habe, habe ich nicht das Gefühl, dass ich rationaler über Politik sprechen kann, als wenn ich in der Schwebe bin. Was glaubst du, was ich getan habe? Ich habe mir das alles mit Severance, Dedham und Boswell ausgedacht, die ich gleich nach Erhalt kennengelernt habe. Ich konnte es mir leisten, ihnen zu vergeben. Sie fahren übrigens morgen nach Newport. Lebe wohl, brillanteste aller Frauen, vom Himmel dazu bestimmt, die Frau eines Diplomaten zu werden — denn ich werde dir anvertrauen, dass das mein höchstes Ziel ist. Bis morgen,

„'Clarence Trent.'"

"Also! Was halten Sie davon?"
Eine rosafarbene Welle hatte sich zu Mrs. Pendletons Haar erhoben, war dann zurückgewichen und hatte sich auf der hochmütigen Rundung ihres Mundes gebrochen.
„Lesen Sie die anderen", sagte sie kurz.
"Oh! Wie kannst du nur so cool sein?" und Miss Decker öffnete mit zitternden Fingern eine weitere Notiz.
„Es ist von Norton Boswell:—

„„Du hast mich einmal dafür gerügt, dass ich die Welt durch eine graue Brille betrachte, und mir gesagt, dass ich immer auf das Beste hoffen solle, bis das Schlimmste entschieden sei. Wenn du in meiner Nähe warst, um mir Mut zu machen, war der Himmel oft rosa, aber selbst die Erinnerung an die letzten sechs Monate ist angesichts der qualvollen Spannung dieser sieben Tage verblasst. Oh! Ich werde jetzt Autorin sein, wenn Leiden die letzte Lektion ist. Aber was für ein zusammenhangloses Zeug ich schreibe! Einsamkeit und Verzweiflung sind gleichermaßen vergessen. Ich kann nicht mehr schreiben! Morgen! Morgen!

„'Boswell.'"

„Lesen Sie Severances", sagte Jessica schnell.
„Ich glaube, du magst diesen Mann!" rief Miss Decker aus. „Ich denke, er ist ein Rohling. Aber du steckst in der Klemme. Dies ist von der herrschaftlichen Severance: —

„„Ein Engländer sagte einmal über dich, mit einer gedehnten Stimme, die die Worte in meinem Gedächtnis verdorben hat: ,Yaas; Sie flirtet sozusagen auf Eis.' Kälteste und subtilste aller

Frauen, warum hast du mich sieben lange Tage lang in Atem gehalten? Glauben Sie, dass ich die Fiktion des verspäteten Briefes glaube? Du vergisst, dass wir uns schon einmal getroffen haben. Aber warum quälst du mich? Musste ich nicht aus gutem Grund sechs Monate warten, bis ich es wagte, mein Schicksal auf die Probe zu stellen? Wie ich diese Tage gezählt habe! Ich hatte einen Kalender und einen Bleistift – kurz gesagt, ich habe mich lächerlich gemacht. Jetzt ist das Schachbrett wieder zwischen uns: Wir beginnen auf gleichem Boden; Wir werden bis zum Ende unseres natürlichen Lebens ein spannendes und knappes Spiel spielen. Ich liebe dich; Aber ich kenne Sie. Ich werde die Rute küssen – bis wir heiraten; Danach werden wir Schach spielen. Wir sehen uns morgen.

"'S.'"

„Nun, das nenne ich ein Biest von einem Mann", sagte Miss Decker.
"Ich hasse ihn!" sagte Jessica zwischen ihren Zähnen.
Sie blickte intensiv auf das Meer. Unter seinem grauen Himmel hatte es heute die Farbe ihrer Augen, ebenso kalt und ebenso unergründlich. Die glitzernden Medusa-ähnlichen Haarspitzen schienen nach oben zu springen und sich gegenseitig zu winden.
„Ich glaube, Sie würden ihn hassen", sagte Miss Decker; „Er ist der einzige lebende Mann, der jemals das Beste aus dir herausgeholt hat. Aber hören Sie zu, was Ihr hingebungsvolles Kind zu sagen hat. Netter kleiner Junge, Teddy:—

„'Liebling! Am süßesten! Wussten Sie, dass ich in diesem Moment fast vor Freude tanze? Tatsächlich bewegen sich meine Füße schneller als mein Stift. Denken! Zum Nachdenken! – du *liebst* mich doch wirklich. Aber ich habe immer gesagt, dass du kein Flirt bist. Ich habe einmal einen Mann niedergeschlagen und ihn zu einem Duell herausgefordert, weil er das gesagt hat. Er wollte nicht kämpfen, aber ich hatte die Genugtuung, ihn wissen zu lassen, was ich von ihm halte. Und jetzt kann ich es der ganzen Welt beweisen! Aber ich kann nicht mehr schreiben. Das hat jetzt drei Flecken – der Stift hüpft, und Sie wissen ja, ich war nie besonders gut darin, Briefe zu schreiben. Aber ich kann reden, und morgen werde ich dir alles erzählen.

„'Dein eigener Teddy.

„'PS – Ist das nicht seltsam – ein ziemlicher Zufall – Severance, Trent und Boswell fahren morgen auch nach Newport. Wie stolz werde ich sein! Aber nein, das nehme ich zurück; Ich habe nur aus tiefstem Herzen Mitleid mit ihnen, armen Teufeln; Oder ich würde es tun, wenn es nicht mit dir gefüllt wäre.

"'T.'"

„Nun, meine Dame, Sie stecken in einer schwierigen Situation, und ich beneide Sie nicht. Was werden Sie tun?"

Mrs. Pendleton drückte ihren Kopf gegen die Stuhllehne und reckte ihren Kopf nach oben, als wolle sie die salzige Brise an ihrer Kehle spüren.

„Seit sechs Monaten langweile ich mich so sehr", sagte sie langsam. "Lass sie kommen. Ich werde jeden von ihnen einzeln sehen und die Farce etwa eine Woche lang am Laufen halten. Es wird amüsant sein – mit vier Männern gleichzeitig verlobt zu sein. Du wirst die Streitkräfte befehligen und dafür sorgen, dass sie sich nicht treffen. Natürlich lässt es sich nicht lange durchhalten, und wenn alle Mittel versiegen, werde ich sie aufeinander treffen lassen und sie wahnsinnig eifersüchtig machen. Zumindest einem von ihnen wird es gut tun."

„Nun, Sie haben Mut", rief Miss Decker. „Das kannst du nicht machen. Aber ja, das kannst du. Wenn es eine Frau gibt, die mit Feuerbränden Jackstraws spielen kann, dann bist du diese Frau. Und was für ein Spaß! Wir sind hier so langweilig – beide in Trauer. Ich werde dir helfen. Ich werde Ihre Anweisungen wie ein Major ausführen."

Mrs. Pendleton stand auf und ging ein- oder zweimal im Zimmer auf und ab.

„Es gibt nur eine Sache", sagte sie und zog die Brauen zusammen: „Wenn ich mit ihnen verlobt bin, werden sie mich – hm – küssen wollen, wissen Sie? Es wird ziemlich umständlich sein. Ich war nie mit jemand anderem als Mr. Pendleton verlobt, und er küsste mich immer auf die Stirn und sagte: „Mein liebes Kind." Ich fürchte, sie werden damit nicht zufrieden sein."

„Ich fürchte, das werden sie nicht! Aber du hast genug Fingerspitzengefühl. Kommen Sie und sagen Sie, dass Sie es schaffen werden."

„Ja", sagte Jessica, „ich werde es tun. Als ich im Internat war, träumte ich immer davon, eine Tragödienkönigin zu werden; Die Umstände drängen mich in die Komödie. Aber ich habe keinen Zweifel daran, dass es besser zu meinen Talenten passt."

IV

SZENE I

Severance schritt ungeduldig im Zimmer auf und ab und blickte auf den Ozean.

„'Werde in einer Minute unten sein.' Ich nehme an, dass das die üblichen dreißig sind, die man zum Nachdenken und Nachdenken über Krimskrams braucht. Was für ein hübsches Zimmer! Übrigens ist da kein Schnickschnack drin. Ich frage mich, ob dies das Zimmer ist, das meine Dame Jessica nach ihren Wünschen eingerichtet haben soll? Es sieht aus wie eine Waldlichtung. Vor den moosgrünen Vorhängen muss sie umwerfend aussehen. Ich frage mich, wie der Frau mein Brief gefallen hat? Es war ziemlich brutal, aber um eine Hexe zu managen, muss man Jupiter auf einem hohen Ross sein. Hier kommt sie. Ich kenne dieses Parfüm. Sie benutzt es, um das Gift ihrer Schlangen zu versüßen."

Mrs. Pendleton trat ein und reichte ihm mit offenem Willkommen die Hand. Ihre „Schlangen" schienen vor Leben und Trotz zu vibrieren, und ihre Individualität durchdrang ihr weißes, konventionelles Kleid wie ein einsamer Stern am farblosen Himmel.

"Wie geht es dir?" sie fragte und schüttelte ihm herzlich die Hand; dann setzte sie sich wie selbstverständlich sofort hin.

Er verstand das Manöver.

„Lasst uns auf jeden Fall Schach spielen", sagte er und setzte sich gegenüber auf einen Stuhl. „Deine Abgeschiedenheit hat dir gut getan", fügte er lächelnd hinzu, als sich in ihren Augen ein Wellenkamm zeigte. „Du hast dein erschöpftes Aussehen verloren und bist eher ein Mädchen als eine Witwe. Dissipation stimmt nicht mit Ihnen überein. Noch zwei Winter! Du würdest versuchen, das durch deinen Witz auszugleichen, und dann würde deine Nase spitz werden und du hättest eine Linie in der Mitte deiner Stirn und eine weitere auf jeder Seite deines Mundes."

„Du bist so unhöflich wie immer", sagte Jessica kalt; aber die Welle in ihren Augen drohte zu einer Flutwelle zu werden. „Wenn man jedoch eine Blondine heiratet und sie einsperrt, kann es sein, dass die Wirkung bleichender ist als die der Gesellschaft."

„War das eine Reflexion über meine eigene Gesellschaft? Ich sperre nicht ein; Ich warne nur."

„Das tue ich auch", sagte Mrs. Pendleton bedeutungsvoll; „Manchmal habe ich ein schlechtes Schnäppchen gemacht."

„Und da ich für Sie der Schlimmste auf der Welt bin, sind Sie bereits in der Defensive", sagte Severance lachend. „Komm, ich habe dich sechs Monate lang nicht gesehen und es trifft mich hart. Ich habe dir geschrieben, dass ich jeden Tag mit einem Bleistift markiert habe — einem roten noch dazu; Ich habe es für diesen Anlass gekauft. Nutzen Sie die Zulassung nicht aus, sondern geben Sie mir eine freundliche Silbe. Ich bitte darum so demütig wie ein Hund um einen Knochen."

„Das tust du tatsächlich. Ich begann mit unangenehmen Bemerkungen über Ihr persönliches Aussehen, nicht wahr? Wenn du ein Rohling bist, werde ich eine – Katze sein."

„Sie werden sich mit Kredit entschuldigen. Aber ich werde heute nicht mit dir streiten." Er stand plötzlich auf und ging auf sie zu, aber sie war bereits auf den Beinen. Sie senkte den Blick und hob ihn dann flehend; aber das Meer war eben.

„Küss mich nicht", sagte sie.

"Warum nicht?"

„Das würde ich lieber nicht – noch nicht. Wussten Sie, dass ich noch nie in meinem Leben einen Mann – einen Liebhaber, meine ich – geküsst habe? Und das kommt so plötzlich – ich würde lieber warten."

Er hob ritterlich ihre Hand an seine Lippen. „Ich werde warten", sagte er; „Aber du wirst meinen Ring tragen?" Und er nahm einen Reif aus seiner Tasche und steckte ihn ihr an den Finger.

„Danke", sagte sie schlicht und berührte es mit einer kleinen streichelnden Bewegung.

Er ließ ihre Hand los und trat zurück. Miss Decker hatte die Portière beiseite geschoben.

„Wie geht es Ihnen, Mr. Severance?" sagte sie herzlich; „Ich habe nicht einmal unterbrochen, um zu gratulieren, sondern um Jessica für einen Moment mitzunehmen. Meine Liebe, Ihre Schneiderin ist mit Mr. Severance im Zug heruntergekommen und hat nur eine Minute Zeit. Du solltest besser sofort gehen, denn du weißt, dass ihr Temperament nicht süß ist."

„Provozierendes Ding!" sagte Jessica mit einem Schmollmund. Es war die vierte Stimmung, mit der sie Severance in diesem kurzen Interview behandelte, und er sah sie voller Freude an. „Aber ich werde sie so schnell wie möglich loswerden. Könnten Sie mich für ein paar Momente entschuldigen? Ich werde in zehn zurück sein.

„Eine Schneiderin ist der einzige Tyrann, vor dem ich mich verneige, der einzige Feind, vor dem ich meine Waffen niederlege. Gehen; aber komm bald wieder."

"In 10 Minuten."

„Welches ist es und wo ist er?" flüsterte sie eifrig, als sie den Flur durchquerten.

"Herr. Trent. Er ist in der Bibliothek."

SZENE II

Trent stand vor einer Büste von Daniel Webster und überlegte, wie sein eigenes Profil in Bronze aussehen würde.

„Du müsstest deinen Backenbart abrasieren", murmelte eine sanfte Stimme hinter ihm.

Er drehte sich nervös um, und ein Hauch von Farbe erschien unter seiner grauen Haut. Mrs. Pendleton stand da und stützte ihre Hände leicht auf den Tisch. Sie lächelte mit frecher Würde – eine Kunst, die sie zur Perfektion gebracht hatte.

„Ich gebe dir fünf Jahre", sagte sie.

„Mit dir, um mir zu helfen", rief er begeistert. "Ah! Ich sehe Sie jetzt, auf den Arm eines ausländischen Botschafters gestützt, wie Sie zu einem großartigen diplomatischen Abendessen gehen!"

„Es ist schade, ich muss den Arm eines Kleinen nehmen; Sie werden nur der amerikanische Minister sein, wissen Sie. (Großer Himmel! Wie entschlossen er aussieht! Ich weiß, dass er mich küssen will. Wenn ich nur seinen Ehrgeiz aufrechterhalten kann.)"

„Ich werde zuerst Senator sein und einen Gesetzentwurf verabschieden, der dieses Land auf eine diplomatische Ebene mit den Stolzesten Europas stellt. Sie werden dann als Ehefrau eines Botschafters zu Ihrer Botschaft gehen."

„Ich weiß, dass du es schaffen wirst; und lass es Paris sein. Ich kann es nicht ertragen, woanders einzukaufen."

„Es soll Paris sein."

"Bist du nicht müde?" sie fragte hastig.

"Müde? An Müdigkeit habe ich nicht gedacht."

„Der Tag ist so warm."

„Ich habe es nicht gespürt. Jessica!"

"Oh!" Sie nahm ihr Gesicht krampfhaft in die Hand und ließ sich auf einen Stuhl sinken.

"Was ist es? Was ist es?" schrie er und hüpfte um sie herum wie eine aufgeregte Spinne, wobei seine Nasenspitze seine Erregung unterstrich. "Was kann ich machen? Sind Sie krank?"

Schwach: „Neuralgie."

„Warum soll ich klingeln? Antipyrin? Meerrettich für die Handgelenke? Belladonna? Was?"

"Nichts. Setz dich und rede mit mir, dann wird es vielleicht verschwinden. Erzähl mir etwas über dich und ich werde es vergessen. Hinsetzen."

„Es gibt nur wenig zu erzählen. Ich war damit beschäftigt, Freunde gegen die nächste Wahl zu finden. Ich habe bei mehreren Treffen mit großem Erfolg Vorträge gehalten. Diesmal habe ich jede Chance für das Repräsentantenhaus – für den Senat in der nächsten Amtszeit. Wie geht es deinem Gesicht?"

"Elend! Sie sagten, dass mehrere meiner alten Freunde mit Ihnen herunterkamen. Wie seltsam!"

„War es nicht?"

„Ich nehme an, sie werden alle kommen, um mich zu sehen."

"Hm. Ich weiß nicht. Zweifel, ob sie wissen, dass du hier bist. Ich werde es ihnen nicht sagen. Sie würden nur kommen, um dich zu sehen und mir im Weg stehen. Ich werde warten, bis unser Hochzeitstag naht, und sie bitten, als Platzanweiser zu fungieren. Aber jetzt, Jessica, da scheinst du nicht mehr so stark zu leiden …"

"Oh! Oh! (Gott sei Dank, ich höre Edith.)"

Trent sprang aufrichtig erschrocken auf. „Liebling! Lass mich zum Arzt gehen. Ich kann das nicht ertragen –"

Miss Decker trat offensichtlich in Eile ein, sprach mit Trent und blieb dann abrupt stehen.

„Jessica!" Sie weinte. "Was ist los?"

"Mein Gesicht! Du weißt, wie ich gelitten habe – schlimmer als je zuvor."

„Oh, du armer Schatz! Sie ist so eine Märtyrerin, Mr. Trent, mit diesem Zahn –"

"Neuralgie!"

„Ich meine Neuralgie! Sie war die ganze Nacht wach. Aber, meine Liebe, halten Sie mich nicht für einen herzlosen Teufel, aber Sie müssen Ihren Anwalt aufsuchen. Er ist hier mit diesen Urkunden, die Sie unterschreiben müssen, und sagt, dass er den Zug nehmen muss."

„Dieses Anwesen hat mir so viel Ärger gemacht", murmelte Mrs. Pendleton elend; „Und wie kann ich über Geschäfte reden, wenn mein Kopf auf der Folterbank liegt? Ich möchte Mr. Trent auch nicht so schnell verlassen."

„Überlassen Sie Mr. Trent mir. Ich werde ihn unterhalten. Ich werde mit ihm über dich reden."

„Darf ich Sie kurz sprechen, bevor Sie gehen?" fragte Trent.

„Ja", kniff sie mit größtem Schmerz auf die Lippen, „du brauchst dich nicht um Edith zu kümmern."

"Nicht im geringsten." Mit einem Ausdruck der Resignation zog er eine Schachtel aus der Tasche, was ein gutes Vorzeichen für die Prüfungen einer diplomatischen Karriere war. „Ich kann es kaum erwarten, dich zu fesseln. Du hast mir einmal erzählt, dass der Smaragd dein Lieblingsstein sei."

Sie entspannte ihre Lippen und ließ ihre Wimpern verzückt nach unten und oben streichen. „Es ist so schön, dass du dich daran erinnerst", murmelte sie. „Es erinnert mich an Meerjungfrauen und so, und ich liebe es."

„Du warst immer so poetisch! Aber woher hast du diesen Ring? Ich dachte, du trägst nie Ringe. Auch an deinem Verlobungsfinger!"

„Es war ein Geschenk von Oma und ich trage es, um ihr eine Freude zu machen. Ich stecke es jetzt in meine Tasche – es ist zu groß für jeden anderen Finger – und du kannst deinen dort hinstecken, wo er hingehört."

„Du wirst es nie abnehmen, bis du seinen Platz für deinen Ehering brauchst?"

"Niemals!"

"Engel! Und dein Gesicht ist besser?"

"Ja; aber Edith schaut direkt hierher."

SZENE III

Mrs. Pendleton betrat den Salon auf Zehenspitzen und mit erhobener Hand.
"Also! Der Himmel ist nicht eingestürzt, und der Zug ist nicht abgestürzt,
und der Blitz hat nicht eingeschlagen, und keiner von uns ist tot. Und Sie –
Sie sehen so stämmig aus wie ein Kadett aus West Point. Pfui auf deine
Prinzipien!"

„Das ist eine bezaubernde Tirade, mit der man einen ungeduldigen
Liebhaber begrüßen kann", rief Boswell mit strahlendem Gesicht. „Du
meinst das natürlich ernst?"

„Haben Sie das Gleichnis vom ‚Nein' einer Frau gehört?" Sie schüttelte leicht
seine beiden ausgestreckten Hände, zog sich dann hinter einen Stuhl zurück
und legte beide Arme auf die Lehne.

„Mein Zorn ist besänftigt, aber ich denke, ich habe Anspruch auf eine
gewisse Entschädigung."

„Was kann er meinen? Bevorzugen Sie Sherry oder Rotwein?"

„Auf dem Olymp wird ein Trank gebraut, den die Götter Nektar nennen –"
"So leid. Wir sind gerade draußen. Den letzten Fingerhut habe ich vor einer
Stunde weggegeben."

„Oh, das hast du! Darf ich fragen, wem Sie es gegeben haben?"

„Das können Sie tatsächlich. Und ich würde es dir sagen – ich konnte mich
nur erinnern."

„Provozierend – Göttin! Aber vielleicht erlaubst du mir, nach mir selbst zu
suchen. Vielleicht finde ich noch ein oder zwei Tropfen übrig. Ich bin bereit,
alles zu nehmen, was ich bekommen kann, und dankbar zu sein."

„Dann wirst du nie viel bekommen", dachte sie. „Der Bodensatz ist immer
bitter."

„Der fragliche Nektar darf keinen Bodensatz haben."

„Und der letzte Tropfen landet immer im Kopf. Ich habe gehört, wie es von
Autoritäten behauptet wurde. Denken Sie an den Skandal – den Butler – oh
Himmel!"

„Der Rausch würde mich dazu bringen, in der Luft zu treten. Ich sollte direkt
über den Kopf des Butlers hinweggehen. Wo hast du diesen Ring her?"

„Ist es nicht schön? Es war" (er seufzte tief) „das letzte Geschenk des armen,
lieben Mr. Pendleton."

"In der Tat! Nun, unter diesen Umständen wird es Ihnen vielleicht nichts
ausmachen, es auszuziehen und das eines anderen Unglücklichen zu tragen",
und er legte ein Knie auf den Stuhl, über den sie sich beugte, und holte einen
Ring hervor.

"Gar nicht. Was für eine Schönheit! Woher wusstest du, dass der Rubin mein
Lieblingsstein ist?" Und sie beugte ihren Körper nach hinten, unter dem
Vorwand, den Stein gegen das Licht zu halten.

„Aber Sie besitzen eine Reihe von Rubinen und Perlen, deren rechtmäßiger Besitzer ich mich betrachte. Muss ich das Gesetz anrufen, um mir mein Eigentum zu geben?"

„Die Perlen sind scharf und die Rubine könnten pastös sein. Ich habe das Beste vom Schnäppchen."

„Ich bin ein Kenner, wenn es um Edelsteine geht – eigentlich um kostbare Gegenstände aller Art. Was für eine unglaubliche Kokette du bist! Was nützt es, einen Mann im Elend zu halten?"

„Warum haben Männer es immer so eilig? Wenn ich jetzt ein Mann – und ein Autor – wäre, würde ich auf Mondlicht, Wellen, die sich an Felsen brechen, und alles andere warten."

„Kurz gesagt, das ganze alte Immobiliengeschäft. Ich bin sowohl ein Mann als auch ein Autor, deshalb weiß ich, wie töricht es ist, dieses kurze Leben aufzuschieben."

„Aber angenommen, die Tür würde sich plötzlich öffnen?"

„Ich bin seit zehn Minuten hier und es hat noch nicht geöffnet."

„Aber es könnte sein, wissen Sie; und die kleinen Jungs dieses Hauses sind eine Übertreibung von allem, was es zuvor gab. Ah! Da kommt jemand. Setz dich sofort auf diesen Stuhl."

Miss Decker trat ein und sah Boswell abfällig an.

„Endlich bist du gekommen", sagte sie. „Wir hatten Angst, dass Ihnen etwas passiert ist. Ich kann diese Unterbrechung nicht verhindern, Jessica. Deine Großmutter ist hier und möchte dich sofort sehen. Ihr wurde telegrafiert, sie solle nach Philadelphia gehen; Frau Armstrong ist sehr krank. Ich würde sie nicht warten lassen."

„Arme Oma! Wenn ich daran dachte, dass sie im September nach Philadelphia gehen musste. Wo ist sie?"

„Im gelben Empfangszimmer. Mr. Boswell wird Sie für ein paar Minuten entschuldigen."

Boswell verneigte sich, sein Gesicht war düster.

„Was hast du mit den anderen gemacht?" fragte Jessica, als sie die Tür schloss.

"Herr. Severance stürmt im Seeraum auf und ab. Mr. Trent ist wie ein Löwe im Käfig in der Bibliothek; Ich rechne damit, jede Minute ein Krachen zu hören. Aber beide wissen, was Anwälte und Schneider meinen. Boswell wird etwas über Großmütter lernen . Sie sind aber noch eine Viertelstunde länger sicher. Vertrau mir alles an."

SZENE IV

Dedham saß auf der Kante eines der Stühle im Empfangsraum und öffnete und öffnete seine Finger, bis seine Hände so rot waren wie die eines Sohnes der Arbeit. Er war nervös, glücklich, verängstigt, genervt.

„Dieser scheußliche Träger, der mich so lange auf meinen Koffer warten ließ!" er weinte fast laut. „Was muss sie von mir denken?"

„Du böser Junge!" sagte eine Stimme des sanften Vorwurfs. „Warum bist du so spät dran? Ich wollte gerade nachfragen, ob Ihnen etwas passiert ist. Aber setz dich. Wie müde musst du sein! Möchten Sie ein Glas Sherry und einen Keks?"

"Nichts! Nichts! Weißt du, es ist nicht meine Schuld, dass ich zu spät komme. Mein Koffer wurde verlegt und meine Reisekleidung war so staubig. Und du freust dich wirklich, mich zu sehen?"

"Was für eine Frage! Ich fühle mich wieder jung, dich zu sehen."

„Wieder jung! Du!"

„Ich bin vierundzwanzig, Teddy, und Witwe", und sie schüttelte traurig den Kopf. „Ich fühle mich furchtbar alt – wie deine Mutter. Ich habe in meinem Leben so viel Fürsorge und Verantwortung gehabt, und du bist so nachlässig und gutmütig."

„Du wirst mich gleich zum Weinen bringen", sagte Teddy; „Und ich wünschte, du würdest nicht so reden. Du scheinst einen ganzen Adirondack zwischen uns zu bringen."

„Ich kann nicht anders. Vielleicht komme ich nach einiger Zeit darüber hinweg. Es ist so traurig, sechs Monate lang miauen zu müssen!"

„Dann heirate mich doch gleich. Das ist genau der Punkt. Wir werden reisen und eine tolle Zeit haben. Das wird dich stärken und dir das Gefühl geben, so jung zu sein, wie du aussiehst."

„Ich kann nicht, Teddy. Ich muss aus gutem Grund ein Jahr warten. Überlegen Sie, wie die Leute reden würden."

"Lass sie. Sie werden bald etwas anderes finden und uns vergessen. Heirate mich nächsten Monat."

„Nächsten Monat – na ja –"

„Es würde sowieso ziemlich viel Spaß machen, der Held und die Heldin einer Sensation zu sein. Das ist es, was alle wollen. Sie sind nur ein Nichts, bis Sie in den Zeitungen schlecht behandelt werden. Wessen Ring ist das?"

„Eine von Ediths. Ich habe es angezogen, um mich an etwas zu erinnern."

„Nun, zieh es aus und trage stattdessen dieses." Es wird auch Ihrem Gedächtnis helfen."

„Was, ein Solitär!"

„Ich wusste, dass es dir lieber sein würde. Ich kenne alle deine Geschmäcker instinktiv."

„Das tust du, Teddy. Farbige Steine sind so lästig."

„Übrigens glaube ich, dass Ihr alter Bewunderer Severance kurz davor steht, sich selbst in seidene Fesseln zu legen, wie Boswell sagen würde. Ich habe ihn gestern dabei erwischt, wie er bei Tiffany einen ungewöhnlich feinen Saphir kaufte. Sagte, es sei für seine Schwester. Hm-hm."

"Ah! Ich frage mich, wer es sein könnte?"

„Ich weiß es nicht. Hat seit deiner Abreise keine Frau mehr angeschaut. Aber ich habe den starken Verdacht, dass es sich um jemanden hier in Newport handelt."

"Hier! Ich frage mich, ob es Edith sein kann?"

„Fräulein Decker? Sicher genug. Allerdings schien sie ihr nie viel Aufmerksamkeit zu schenken. Sie ist nicht mein Stil; zu sehr wie sechzehn Dutzend andere New Yorker Mädchen."

Er knöpfte seinen Mantel zu, stemmte sich dagegen und drehte hektisch seinen Schnurrbart.

„Frau – Jessica!" Er rief verzweifelt: „Sie sind mit mir verlobt – nicht wahr? – nicht wahr?"

Sie richtete sich auf und blickte von ihrem höheren Stuhl aus mit einem Ausdruck trauriger Missbilligung auf ihn herab.

„Das habe ich nicht von dir gedacht, Teddy", sagte sie. „Und es ist eines der Dinge, denen ich nie zugestimmt habe."

"Aber warum nicht?" fragte Teddy schwach.

„Ich dachte, du kennst mich besser, als eine solche Frage zu stellen."

„Ich weiß, dass du ein Engel bist – oh, hör auf! Du gibst mir das Gefühl, als *wärst du* meine Mutter."

„Sei jetzt nicht unvernünftig, sonst glaube ich, dass du ein Tyrann bist."

„Ein Tyrann? ICH? Horri – nein, ich wünschte, ich wäre es. Was für ein Muster an Anstand Sie sind! Ich hätte nie daran denken sollen – ich meine – Liebling! Du warst immer so eine Kokette, weißt du? Nicht, dass ich das jemals gedacht hätte. Du weißt, dass ich es nie getan habe – oh, lass alles stehen –, aber wenn ich dir in dieser unvernünftigen – ich meine, dieser vollkommen natürlichen Laune deinen eigenen Weg lasse –, könntest du mir vielleicht zumindest versprechen, mich in einem Monat zu heiraten. Und tatsächlich denke ich, wenn du ein Engel bist, bin ich ein Heiliger."

„Nun, unter einer Bedingung."

"Beliebig! Beliebig!"

„Es muss ein absolutes Geheimnis bleiben, bis die Hochzeit vorbei ist. Ich hasse Glückwünsche, und wenn wir eine Sensation haben wollen, können wir genauso gut eine konzentrierte haben."

„Ich stimme dir zu und werde dir nie wieder etwas auszusetzen haben. Du-"

Miss Decker rannte fast ins Zimmer.

„Jessica!" Sie weinte. „Oh, lieber Mr. Dedham, wie geht es Ihnen? Jessica, meine Mutter hat einen ihrer schrecklichen Anfälle und ich muss dich bitten, bei ihr zu bleiben, während ich selbst zum Arzt gehe. Ich kann Dienern nicht vertrauen."

"Lass mich gehen! Lass mich gehen!" rief Teddy. „Ich bringe ihn in einer Viertelstunde zurück. Wer soll –"

„Coleman. Er lebt-"

"Ich weiß. Auf Wiedersehen!" Und die Mädchen waren allein.

"Dort!" rief Miss Decker, „wir haben ihn losgeworden. Nun zu den anderen. Du schlüpfst nach oben und ich werde sie einzeln entsorgen. Du wirst plötzlich krank. Teddy wird erst in einer Stunde zurück sein. Dr. Coleman ist umgezogen."

V

Im Seeraum brannte eine Lampe, und die beiden Mädchen saßen in ihren Abendkleidern vor einem hellen Kaminfeuer. Diesmal trug Miss Decker Weiß – eine aufwendige französische Mischung aus besticktem Musselin, die sie wie ein teures Modestück aussehen ließ. Jessica trug einen tief ausgeschnittenen schwarzen Crêpe, über dem sie sich wie geschnitztes Elfenbein und Messing erhob. Die Schlangen wurden heute Abend von Diamant-Haarnadeln festgehalten, die wie unheilvolle Augen glitzerten. In ihrem Schoß funkelten vier Ringe.

"Was soll ich tun?" rief sie aus. „Wenn mein Leben davon abhängen würde, könnte ich mich nicht erinnern, wer mir welches gegeben hat."

„Lasst uns nachdenken. Welchen Stein würde ein Politiker am ehesten wählen?"

Mrs. Pendleton lachte. "Eine gute Idee. Wenn Couleur de Rose ein Synonym für Einbildung ist, dann muss der Rubin meiner Meinung nach von Mr. Trent stammen."

"Ich bin mir sicher. Und da Ihr Autor immer auf der Kippe ist, bin ich mir sicher, dass er den Saphir ganz natürlich mag."

„Aber der Smaragd –"

„Ist ein Sinnbild für deinen verblendeten Teddy. Der Solitaire fällt daher natürlich Mr. Severance zu. Nun, da Sie die ersten Vorstellungsgespräche in Sicherheit überstanden haben, was werden Sie als Nächstes tun?"

„Edith, ich weiß es nicht. Es ist ihnen allen so furchtbar ernst, dass ich glaube, ich werde schließlich in regelrechtem Entsetzen davonlaufen. Aber nein, das werde ich nicht. Ich werde daraus die Oberhand gewinnen und meinen Ruf als Schauspielerin retten. Ich werde es noch zwei oder drei Tage durchhalten, aber danach wird es unmöglich sein. Früher oder später werden sie sich hier treffen. Dem Himmel sei Dank, zumindest für heute Nacht sind wir sie los!"

Der Diener warf die Portière zurück.

"Herr. Trent!"

„Himmel!" schrie Edith leise; „Ich habe vergessen, Befehle zu erteilen, die wir nicht erhalten haben – wie geht es Ihnen, Mr. Trent?"

„Und welcher ist sein Ring?" Jessica tupfte hektisch auf die Juwelen in ihrem Schoß. Sie steckte den Saphir auf ihren Finger und versteckte die anderen unter einem Kissen. Trent, der von Miss Decker einen Moment aufgehalten worden war, trat auf sie zu.

„Es wird sehr bald wiederkommen", sagte er, „aber ich musste einfach anrufen und fragen, ob es dir besser geht. Ich freue mich, dass Sie das offenbar tun."

„Mir geht es besser, danke." Ihre Stimme war schwach. „Es war schön, dass du wiedergekommen bist."

„Wessen Ring ist das?"

„Warum – ein – sicher –"

„Jessica!" rief Miss Decker, „sind Sie schon wieder mit meinem Ring weggegangen? Du bist so geistesabwesend! Ich habe überall nach diesem Ring gesucht!"

„Du solltest nicht so gutmütig sein, und mein Gedächtnis würde ein neues Blatt aufschlagen. Hier nimm es." Sie warf Miss Decker den Ring zu und blickte schuldbewusst zu Trent. „Soll ich hochgehen und den anderen holen?"

"NEIN. Aber ich dachte, du hättest versprochen, es niemals auszuziehen."

„Ich habe vergessen, dass Wasser Steine ruiniert."

„Nun, es ist ein Trost zu wissen, dass Wasser einen bestimmten schlichten Goldreif nicht ruiniert."

"Herr. Boswell!"

Jessica schnappte nach Luft und blickte in die Flammen. Es war eine Krise gekommen. Wäre sie klug genug? Dann stimulierte sie die Situation. Sie reichte Boswell die Hand.

„Du bist gekommen, um mich zu besuchen?" sie weinte entzückt. "Herr. Trent hat uns gerade erzählt, dass Sie mit ihm zusammengekommen sind, und ich habe gehofft, dass Sie bald anrufen würden."

„Ja, ganz sicher – ganz sicher. Du wusstest vielleicht, dass ich bald anrufen würde." Er verneigte sich steif vor Trent, setzte sich dicht neben Jessica und murmelte ihr ins Ohr: „Kannst du diesen Kerl nicht loswerden? Wie hat er dich so schnell herausgefunden?"

„Natürlich ist er gekommen, um Edith zu besuchen. Erinnerst du dich nicht daran, wie sehr er ihr immer ergeben war?"

"Ich nicht-"

„Darf ich fragen, worüber Sie flüstern, Mr. Boswell?" forderte Trent und löste sich von Miss Decker. „Vertraut er Ihnen den erstaunlichen Erfolg seines letzten Romans an, Mrs. Pendleton? Oder war es eine Geschichte der Vereinigten Staaten? Ich vergesse es wirklich."

„Bestimmt nicht das letzte Mal. Ich überlasse es Ihnen, Geschichte zu schreiben – eine gekürzte Ausgabe. Mein Ziel ist bescheidener."

„Oh, Sie werden beide Biographen brauchen", sagte Mrs. Pendleton, die allmählich Spaß hatte. „Ich werde Ihnen eine Idee geben. Treten Sie den Theosophen bei. Sorgen Sie für die Reinkarnation. Kommen Sie in der nächsten Generation zurück und schreiben Sie Ihre eigenen Biografien. Dann können sich Ihre Freunde und Familien nicht beschweren, dass Ihnen keine Gerechtigkeit widerfahren ist."

"Ha! Ha!" sagte Trent.

„Sie sind so grausam wie immer", sagte Boswell mit einem Seufzer. „Wo ist mein Ring?" er flüsterte.

„Es war so groß, dass ich es nicht behalten konnte. Ich muss eine Wache anfertigen lassen.“

„Liebe kleine Finger –“

„Vielleicht hat man Ihnen als kleiner Junge nie beigebracht, Mr. Boswell“, unterbrach Trent, „dass es unhöflich ist, in Gesellschaft zu flüstern. Um Ihre Manieren in den Augen von Mrs. Pendleton zu wahren, werde ich Ihnen daher die Güte erweisen, weitere Fehltritte zu verhindern.“ Und er setzte sich auf die andere Seite von Jessica und starrte Boswell trotzig an.

"Herr. Severance und Mr. Dedham!“

Severance trat hastig ein. „Ich bin so froh zu hören – ah, Boswell! Trent!“

„Wie seltsam, dass Sie alle gleich am ersten Abend Ihrer Ankunft den Weg hierher gefunden haben!“ Und Jessica streckte ihr mit einem ruhigen Lächeln die Hand entgegen. Miss Decker war nervöser, aber fünf Saisons lagen hinter ihr. "Ah!" fuhr Mrs. Pendleton fort: „Und Mr. Dedham auch! Das ist ein höchst bezauberndes Wiedersehen!“

„Unbeschreiblich bezaubernd!“ sagte Severance.

Da Trent und Boswell aufstehen mussten, als Miss Decker den Neuankömmlingen entgegentrat, nahm Severance den Stuhl des ersteren ein, Dedham den des zukünftigen Staatsmannes.

"Du bist besser?" flüsterte Severance. „Ich war besorgt.“

„Oh, ich habe mir Todesangst gemacht!“ murmelte Teddy in ihr anderes Ohr. „Dieser elende Arzt war nicht nur umgezogen, sondern hatte auch die Stadt verlassen; und als ich schließlich zurückkam und feststellte –“

"Herr. Severance“, rief Trent, „Sie haben meinen Stuhl.“

"Ist das dein Stuhl? Du hast einen guten Geschmack. Ein bemerkenswert bequemer Stuhl.“

„Du würdest mir gehorchen –“

„Indem du es behältst? Sicherlich. Du warst immer großzügig, aber das ist meiner Meinung nach ein Merkmal von Genie.“

"Frau. „Pendleton“, sagte Boswell klagend, „da Mr. Dedham meinen Stuhl eingenommen hat, werde ich diesen Stuhl zu Ihren Füßen legen.“

Trent musste seinen Ellbogen auf den Kaminsims stützen, da er Mrs. Pendleton nicht besser sehen konnte, und Miss Decker saß auf der anderen Seite von Dedham.

„Wie geht es dir, Teddy?“ Sie sagte.

„Jung und glücklich. Ich muss Ihnen gratulieren.“

"Wofür?"

„Ich sehe, dass du Severances Ring trägst. Ah, Sev, hat der Ring deiner Schwester gestanden?“

„Zu einem T. Sagte, es sei ihr Lieblingsstein.“ Er blieb abrupt stehen. „Was zum Teufel –“ leise vor sich hin; und Jessica flüsterte hastig: –

„Edith schaute es sich an, als Mr. Trent hereinkam, und vergaß, es zurückzugeben.“

"Ah! Boswell, ich bin sicher, Sie sitzen auf Mrs. Pendletons Fuß. Übrigens, wie geht es deiner Tante?"

„Tot – besser."

„Ich wundere mich, dass du dich so schnell losreißen konntest", sagte Trent bösartig. „Du solltest besser vorsichtig sein. Sie könnte ein neues Testament aufsetzen."

"Mach dir keine Sorge. Ich habe heute Nachmittag die glücklichsten fünfzehn Minuten meines Lebens mit ihr verbracht. Sie hat mir alles versprochen." Er wandte sich an Severance. „Du hast am Strand wohl Herzen gebrochen."

„Was auf jeden Fall besser ist, als sich den Kopf an einer Steinmauer einzuschlagen."

„Ich nehme an, die Politik hat Sie hierher geführt, Mr. Trent", unterbrach Miss Decker. „Ich habe gehört, dass du neulich Abend eine mitreißende Rede gehalten hast."

"Ich tat. Es ging um die Frage „Radikalismus in der Presse *versus* Reform des öffentlichen Dienstes". Es muss etwas getan werden, um diese Brutstätte der Ungerechtigkeit, die amerikanische Politik, zu revolutionieren. Solche Prinzipien erfordern Mut, aber wenn die Stunde kommt, darf es dem Mann nicht mangeln –"

„Das stand alles in der Zeitung am nächsten Morgen", sagte Boswell gedehnt. "Frau. Pendleton, haben Sie das Exemplar meines neuen Buches erhalten, das ich vor zwei Wochen geschickt habe? Im Gegensatz zu vielen meiner anderen hatte ich keine Schwierigkeiten, es zu entsorgen. Es war leichter, heller, weniger Philosophie, weniger Verstand. Die Kritiker haben es verstanden, deshalb waren sie freundlich. Sie sagten sogar –"

„Um Himmels Willen, zitieren Sie nicht die Kritiker", sagte Severance. „Es reicht, sie gelesen zu haben."

„Oh, Mrs. Pendleton", rief Teddy, „wenn Sie beim Yachtrennen hätten dabei sein können! So eine Aufregung, so –"

„Um das Thema zu wechseln", sagte Trent mit Entschlossenheit im Blick: „Mrs. Pendleton, haben Sie alle markierten Papiere erhalten, die ich Ihnen mit meinen Reden geschickt habe, insbesondere das über den Jesuitismus in der Politik?"

„Belästigen Sie Mrs. Pendleton nicht mit Politik!" rief Boswell aus, dessen eigener Egoismus gegen die Gitterstäbe trat. „Du hast doch nicht gedacht, dass mein Buch zu lang ist, oder? Ein halbblinder Kritiker sagte –"

„Gute Nacht, Mrs. Pendleton", sagte Severance und erhob sich abrupt. „Guten Abend", und er verneigte sich vor Miss Decker und den Männern. Jessica stand plötzlich auf und ging mit ihm zur Tür.

„Ich werde morgen um elf die Klippen hinaufgehen – ‚Vierzig Schritte'", sagte sie, als sie ihm die Hand reichte. „Das mag unkonventionell sein, aber *ich* entscheide mich dafür."

Er beugte sich über ihre Hand. "Frau. Pendleton wird nur noch eine Mode vorgegeben haben", sagte er. „Ich werde da sein."
Als er den Raum durch eine Tür verließ, durchquerte Jessica den Raum und öffnete eine andere.
„Gute Nacht", sagte sie zu der erstaunten Gesellschaft und zog sich zurück.

VI

Severance schlenderte die „Vierzig Stufen" auf und ab, wobei seine gelassene Haltung über die Aufregung in ihm hinwegtäuschte.

„Warum zum Teufel kommt sie nicht?" dachte er unruhig. „Kann sie wieder krank sein? Sie ist jetzt zehn Minuten hinter der Zeit. Was hatte das zu bedeuten – all diese Kerle, die gestern Abend da waren? Sie sah aus wie eine amüsierte Zuschauerin bei einem Theaterstück, und Miss Decker war nervös, tatsächlich nervös. Verdammt! Hier kommen sie alle. Was meinen sie damit, mir so auf den Fersen zu bleiben?"

Dedham, Trent und Boswell schlenderten aus verschiedenen Richtungen heran, und obwohl jeder erwartungsvolle Augen hatte, schien keiner besonders erfreut, die anderen Männer zu sehen. Es gab vier kalte Nicken, eine tiefe Pause, und dann hustete Teddy leicht.

„Wunderschön danach – ich meine morgens."

„Das ist es tatsächlich", sagte Severance. „Ich frage mich, dass Sie Ihre Salzwasser-Konstitution nicht nehmen."

„Ich mache immer morgens einen Spaziergang." und Teddy warf einen nervösen Blick über seine Schulter.

Boswell und Trent, denen jeweils ein kleiner Brief in der Tasche brannte, wurden rot, zappelten unruhig, starrten wütend auf das Meer und sagten nichts. Severance warf nacheinander einen Blick auf jeden der drei und blickte dann mit nachdenklichem Blick zu Boden. In diesem Moment erschien Mrs. Pendleton.

Drei der Männer kamen ihr in einem unbeholfenen Überraschungsversuch entgegen, aber sie winkte sie zurück.

„Ich habe dir etwas zu sagen", sagte sie.

Die kalte Trägheit ihres Gesichts war einem Ausdruck hochmütigen Triumphs gewichen. Ein Schimmer bewusster Macht lag tief in ihren verächtlichen Augen. Der letzte Akt des Dramas war gekommen, und die Auflösung sollte ihrem Talent würdig sein. Sie sah aus wie eine Richterin, die einem schuldigen Angeklagten aufmunternd zugelächelt hatte, nur um schließlich die Todesstrafe zu verhängen.

„Meine Herren", sagte sie, und sogar ihre Stimme klang richterlich, „ich habe Sie alle gebeten, mich heute Morgen hier zu treffen" (drei wütende Bewegungen, aber sie fuhr ungerührt fort) – „weil ich gestern Abend zu dem Schluss gekommen bin, dass …" Es ist an der Zeit, dass diese Farce ein Ende findet. Ich bin selbst etwas gelangweilt, und ich habe keinen Zweifel daran, dass es Ihnen auch so geht. Ihr Witz war klug und den müßigen Herbsttagen würdig. Als ich Ihre vier Vorschläge mit derselben Post erhielt, schätzte ich Ihren Witz – ich werde noch mehr sagen, Ihre Genialität – und war froh, alles zu tun, was ich konnte, um zu Ihrer Unterhaltung beizutragen, zumal die ganze Welt weg war und ich wusste, wie langweilig du musst sein. Ich akzeptierte also, dass jeder von Ihnen, wie Sie wissen, vier bezaubernde Interviews und ein denkwürdiges, etwas komplizierterer Art hatte; Und jetzt, da wir uns alle einig sind, dass das pikante und originelle kleine Drama zu Ende gegangen ist, freue ich mich, Ihre Ringe zu restaurieren."

Sie nahm aus ihrem Taschentuch ein wunderschönes kleines Kästchen aus blauem Onyx, auf dem das Pendleton-Wappen in Diamanten ruhte, berührte eine Feder und enthüllte vier Ringe, die um ebenso viele Samtkissen funkelten. Die vier Männer standen sprachlos da; Niemand wagte es, seine Aufrichtigkeit zu beteuern und den Spott in den Augen seines Nachbarn zu sehen.

Mrs. Pendleton ließ ihre richterliche Haltung fallen, nahm den Rubin zwischen ihre Finger und lächelte wie eine Lehrerin, die einen Preis überreicht.

"Herr. Boswell", sagte sie, „ich glaube, das gehört dir." und sie reichte dem verblüfften Autor den Ring. Er steckte es wortlos in die Tasche.

Sie hob den Smaragd. "Herr. Trent, das ist deins? – oder ist es der Saphir?"

„Der Smaragd", schnaubte Trent.

Mit einer anmutigen Kopfbeuge ließ sie es in seine kraftlose Handfläche fallen und drehte sich zu Teddy um.

„Du hast mir einen Solitaire geschenkt, ich erinnere mich", sagte sie süß. „Ein höchst passendes Geschenk, denn es ist das ideale Leben."

Teddy sah aus, als würde er gleich in Tränen ausbrechen, warf ihr einen flehenden Blick zu, dann nahm er seinen Ring und schritt schwach über die Klippen. Trent und Boswell zögerten einen Moment und eilten dann hinterher.

Jessica hielt Severance den Sarg entgegen, indem sie ihr Handgelenk ein wenig nach außen bewegte. Er nahm es, verschränkte die Arme und sah sie fest an. Eine Flut wütender Farbe stieg ihr ins Haar, dann drehte sie ihm den Rücken zu und blickte auf das Wasser hinaus und klopfte mit dem Fuß auf die Felsen.

„Warum gehst du nicht?" Sie fragte. „Ich hasse dich mehr als jeden anderen auf der Welt."

"NEIN. Du liebst mich."

"Ich hasse dich! Du bist ein Rohling! Der coolste, der unhöflichste, der ärgerlichste Mann der Welt."

„Das ist der Grund, warum du mich liebst. Meine liebe Mrs. Pendleton", fuhr er fort, während er den Ring aus dem Sarg nahm und ihn auf einen Stein legte, „eine Frau mit Verstand und eigensinnigem Willen – aber unegoistisch – mag einen brutalen und herrischen Mann." Eine egoistische Frau, egal ob dumm oder brillant, mag eine Sklavin. Der Grund dafür ist, dass der Egoismus, der nicht in erster Linie eine weibliche Eigenschaft ist, sondern vom Mann entlehnt ist, seinen gerechten Besitzer außerhalb der Grenzen ihres Geschlechts stellt und ihr das befriedigende Simulakrum jener stärkeren Eigenschaften liefert, nach denen sie sonst beim Mann suchen würde. Du bist kein Egoist."

Er nahm ihre Hand und zog ihr trotz ihres Widerstands den Handschuh aus. „Kämpfe nicht. Sie würden nur lächerlich aussehen, wenn jemand passieren würde. Außerdem ist es nutzlos. Ich bin so viel stärker. „Ich weiß nicht, und es interessiert mich auch nicht, was Sie wirklich dazu gebracht hat, sich einer solchen Frechheit hinzugeben und sich mit vier Männern gleichzeitig zu verloben", fuhr er fort und ließ den Ring an ihrem Finger gleiten. „Du hattest deinen Witz und ich hoffe, er hat dir gefallen. Der Ausgang war höchst dramatisch. Wie gesagt, ich wünsche keine Erklärung, denn es geht mir nie um etwas anderes als um Ergebnisse. Und jetzt – du wirst mich heiraten."

"Ich bin nicht!" schluchzte Jessica.

"Du bist." Er blickte sich um. Niemand war in Sicht. Er legte seinen Arm um ihre Schultern und zwang sie an ihre Seite, dann neigte er ihren Kopf zurück und küsste sie auf den Mund.

"Schachmatt!" er sagte.

GERTRUDE ATHERTON wurde in San Francisco geboren und erhielt ihre frühe Ausbildung in Kalifornien und Kentucky, aber ihre beste Ausbildung fand in der Bibliothek ihres Großvaters statt, einer Sammlung, die angeblich nur englische Meisterwerke enthält und keinerlei amerikanische Belletristik enthält. Dennoch ist Mrs. Atherton eine so gründliche Amerikanerin, wie es eine Nichte von Benjamin Franklin in der dritten Generation sein sollte.

Es scheint, dass es die englischen Kritiker waren, die zuerst ihre Originalität, Kraft, Intensität, Lebendigkeit und Vitalität erkannten, aber schon in ihrem ersten Buch „What Dreams May Come", das 1888 veröffentlicht wurde, haben ihre Schriften die ungewöhnliche Kombination von Gehirn und Intelligenz offenbart Gefühl. Dies verleiht ihrem Werk sowohl scharfsinnige, kluge Kraft als auch brillante Farben, die in jahrelanger harter Arbeit entstanden sind, von denen viele im Ausland verbracht wurden, und die ihren besten Ausdruck in ihrer neuesten Fiktion finden, die eine Qualität in „Der Eroberer" und die andere in „Die Splendid Idle Forties." Beide Bücher beweisen die Weitsicht von Herrn Harold Frederic, der sie kurz vor seinem Tod als „die einzige Frau in der zeitgenössischen Literatur bezeichnete, die wusste, wie man einen Roman schreibt", und dass ihr zukünftiges Werk sie selbst sein würde am besten. Ein anderer bedeutender englischer Kritiker, Dr. Robertson Nicholl, sprach im Namen einiger der besten Studenten der modernen Literatur mit den Worten:

> „Gertrude Atherton ist die fähigste Romanautorin, die
> es derzeit gibt."

In ihrem bemerkenswertesten Roman „The Conqueror" hat Gertrude Atherton mit „der wahren und romantischen Geschichte von Alexander Hamilton" ein Thema ausgewählt, das nur wenige Schriftstellerinnen angezogen hätte, und hat die Teile davon behandelt, mit denen sich viele Männer beschäftigt haben Gehirne in einer Weise, dass *die New York Times Saturday Review* dies bemerkte

> „Enthält mehr Romantik als neun Zehntel der
> fantasievollen Fiktion der Zeit und mehr

Wahrhaftigkeit als neunundneunzig Hundertstel der Geschichte. Sie beherrscht ihr Material."

„Bestimmt hat dieses Land keinen Autor hervorgebracht, der an Mrs. Atherton heranreicht", sagt ein Kritiker, während ein anderer hinzufügt, dass „einen so großen Mann wie Mrs. Atherton in diesem Roman so neu erschaffen zu haben, gleichbedeutend damit ist, dass man ihm seinen eigenen Titel geschrieben hat." ehrgeizig." Alle betrachten es gleichermaßen als „eine Sache für sich" (*The Critic*); „eine bemerkenswerte Produktion voller Kraft, Elan, Köpfchen und Einsicht" (*Boston Herald*); „Ein bezauberndes Buch. . . brillant geschrieben" (*Glasgow Herald*). „Es ist kaum zu viel zu sagen, dass sie eine neue Art von historischen Romanen erfunden hat", kommentiert das *Athenæum* (London) und fügt hinzu: „Das Experiment ist ein bemerkenswerter Erfolg."

„The Splendid Idle Forties" ist ebenso faszinierend und kraftvoll, aber von „The Conqueror" genauso weit entfernt wie die Ost- und Westküste dieses Landes in den Zeiten, von denen die Geschichten handeln, „den langen, schläfrigen, schimmernden Tagen". bevor der Gringo kam", in das Kalifornien, über das sie schreibt. „Spitz, temperamentvoll und spanisch" seien diese „reichhaltigen und beeindruckenden" Geschichten; „wie es in kaum einem anderen Land seit dem Bagdad aus ‚Tausendundeiner Nacht' hätte erzählt werden können." Das Buch ist voller seltsamer Faszination und wird zu Mrs. Athertons verdient hohem Ansehen beitragen", heißt es *im Athenæum* .

> „In diesem Buch wird noch mehr als in ihren anderen die fantasievolle Brillanz gezeigt, die so beeindruckend ist, dass man sich fragt, was das Geheimnis dieser Wirkung ist. . . . Im Übrigen liegt ihr Charme im Temperament, sie ist anziehend, unruhig, durchsetzungsfähig und lebendig." – *Washington Times*.

In enger Beziehung zu „The Conqueror" steht Mrs. Athertons noch neuere Auswahl von „A Few of Hamilton's Letters", die aus der großen Masse seiner Staatspapiere und anderen Briefen so ausgewählt wurde, dass sie dem durchschnittlichen Leser die Mittel nahebringen die Persönlichkeit dieses bemerkenswerten Mannes anhand seiner eigenen Worte einzuschätzen. Im Übrigen ist es die sicherste Widerlegung einiger voreiliger Kritiken an seinem Bild in „Der Eroberer", wo es, wie Herr Le Gallienne treffend anmerkt, „Mrs. Atherton vorbehalten war, ihn für die heutige Generation wirklich lebendig zu machen." ."

---

treffend anmerkt, „Mrs. Atherton vorbehalten war, ihn für die heutige Generation wirklich lebendig zu machen." ."